KB252526

따뜻한 귀갓길

책 만 드 는 집
시인선 275

책만드는집

김범렬 시조집

따뜻한 귀갓길

책만드는집

| 시인의 말 |

시조가 나의 가슴을 다시 쿵쿵 뛰게 했다.

2026년 2월

김범렬

3부

4부

1부

따뜻한 귀갓길

1.

으레 귀갓길엔 골목시장 들러 간다.
맛이 좋아 입담 좋아 소문난 반찬가게
한 끼니 해결할 만큼
덤까지 얹어주는.

2.

어쭙잖은 나에게 곁을 내준 마당귀에
깜빡깜빡 등불 켜는 샛별 하나 휘어든다.
뚝배기 청국장찌개
짜글짜글 끓는 저녁.

3.

아랫목 묻은 공깃밥 꿈결처럼 스쳐간다.
일과 마친 나라진 몸 눕고 싶은 그 어름에
콧등이 시린 자취방
어린 달빛 따뜻하다.

그 겨울 파장머리
– 천수만 가창오리 2

때로는 흩어지고 때로는 모여들고
여백을 다 채울 듯 붓질하는 가창오리
먼 길 갈 채비 하는가,
날개깃 툭툭 턴다.

왁자하던 잔칫날은 이래저래 끝이 나고
하객 떠난 갈대밭엔 울음소리 칼바람만
어쩌다 바라본 하늘
바람집을 짓고 있다.

서둘러 추스른 몸 옷소매 걷어 올린다.
널브러진 세간 거둬 반짝반짝 닦을 듯이
맴도는 터알머리에
게워 넘친 봄기운이.

강화매화마름

볼수록 웅숭깊다, 고치솜 짓는 습지
온갖 것 품은 탓에 반짝반짝 윤이 나고
알림장 쓰는 바람만
어깨춤을 들썩인다.

이역만리 돌고 돌아 얼굴 디민 청다리도요
나른한 몸 여장 풀고 감사기도 하는 사이
앞다퉈 무자맥질한다,
봄빛 타는 매화마름.

곁눈질은 이제, 그만 앞만 보고 살고 싶다.
속살 훤히 비치도록 실루엣 윤곽만 잡고
보름달 어머니같이
별꽃 무늬 젖 물린다.

동백꽃, 노을이 되다

한겨울 가장자리 타는 사랑 뜬금없다.
예각인 듯 둔각인 듯 모서리가 무뎌지고
발화점 도달했을까,
꽃부리 화색 돈다.

명지바람 앞다투어 겨드랑이 간질인다.
암실 같은 가슴속에 오롯이 새긴 당신
풍문도 이젠, 나에게
속내를 트는 친구.

갈 길 바쁜 해거름 녘 벙그는 꽃이 있다.
한살이 덧칠, 덧칠 노을이 된 저 동백꽃
늘 그리 핏발이 서나,
툭, 툭! 지는 꽃도 붉게.

곤줄박이 어머니

외우 남은 곤줄박이
먹감나무 세 들어 산다.
색소 빠진 깃털 골라 숭숭 뚫린 지붕 잇고
햇귀를 물어 나른다, 어미라는 이름으로.

지나새나 눈에 선한 피붙이들 부르댄다.
천 리 길 한달음에 주름잡아 올 것 같아
한소끔 이는 마파람 마당귀를 쓸고 있다.

어둑어둑 한줌허리* 까치발로 홍등 단다.
군불만 지피다 그만 쪽은 가슴 추스르고
난 자리 더듬어볼 때
열 손가락 꼼지락댄다.

* 산등성이 어느 한 곳.(순우리말)

봄, 러브레터

꽃샘잎샘 숙은 텃밭
대파 순이 불끈 솟네.

특종기사 봇물 터진 인터넷 게시판에 이제 막 꽃물 든 아이 봄 화두 띄워놓고, 띄워놓고 몸 따로 마음 따로 결이 다른 매무새로 형형한 뭇 사내의 두 눈빛 사리다가 꽃부리 비친 복사꽃 입술 도장 꾹꾹 찍네. 어머나! 별꼴이야, 꽃숭어리 별꼴이야, 잉잉거리는 꿀벌 군단 제집처럼 드나들 때, 할 일 다 한 꽃잎마다 주홍 글씨 새긴 바람. 계절풍 집배원인가 한달음에 천 리 길을.

해 질 녘 외눈박이별
눈시울이 문득, 붉네.

암세포를 달래다

1.

억척스레 단련된 몸 간담을 서늘케 한 이를테면 테러리
스트 철옹성 무너뜨릴
원시의 단세포 하나 인두겁 벗고 있다.

막무가내 들이닥친 시정잡배 패거린가, 무당벌레 날갯
짓에 본디 성깔 드러내는
한 청년 쓰러뜨릴 듯, 아메바로 거듭난 그.

한목숨 담보 잡고 숨마저 쉴 수 없도록 옥죄는 몸 그예
그렇게 폭발하듯 분열한다.
살생부 불가촉천민 쥐구멍을 찾는 날.

2.

말귀를 알아듣는 그들이 순해졌다, 한 몸뚱이 동거하며
보듬어 주었을 때, 눈길을 들여다봐야, 한 줌 빛을 움킨다.

여름 한낮 판타지아

소낙비 오락가락 여름 한낮 탄주한다.
윗마을 아랫마을 논두렁길 경계 긋고
난센스 불가촉천민
간담 그리 서늘케 한.

먹장구름 틈 사이로 햇살 빠끔 낯 비춘다.
내로남불 청개구리 입술 둥둥 띄울 무렵
우화를 마친 쓰르라미
자연 섭리 깨우친 듯.

말모이를 섬긴 걸까, 노랫말 줍는 그들
산골짜기 울린 경전 새겨듣는 너나 나나
간절히 뭘 간구하는가,
목 떨구는 해바라기.

하늘 문 열고 닫는 해거름 멈칫 선다.
세상 물정 어둔 친구 금싸라기 안겨줄까?

선부른 투기꾼 행렬만
마을 어귀 줄을 잇고.

봄, 복수초

쓱싹쓱싹 칼 벼리는 한겨울 장막 걷고
반지하 복수초가 무릎 꿇고 간구하네.
살 에는 때 이른 봄날
햇무리 둘러놓고.

거울 보는 눈동자 속 어리는 얼굴 있네.
알다가도 모를 일이네, 무심히 떠난 당신
비로소 벙그는 걸까,
매듭 푸는 눈이 맑네.

풀무질 아니라도 가슴은 늘 활활 타네.
눈길 서로 건네주면 주체 못 할 꽃이 피고
사랑을 흩는 사람들
광배 두른 부처가 될 때.

별이 된 꽃이 있네, 소용돌이 한가운데
어지럼증 앓다가도 우주 번쩍 들어 올려

도달한 피안의 경지
봄의 도량 재고 있다.

오색딱따구리

연둣빛 상수리나무 문패 또 걸겠다고
눈 밝은 북극성이 작은곰자리 찾아갈 때
날마다 산등성이 올라
숨 고르고, 깃을 치고.

육 남매 복대기던 따뜻한 집 곁에 두고
새것만 고집하다, 한뎃잠 저 허릅숭이
종주먹 움켜쥐었나,
나무 쪼고 또 쫀다.

상사화, 상사화야

붓대라도 세운 걸까, 먹물 죄다 바닥내고
눈 감으면 아른대는 그대 품에 들고 싶다.
저 홀로 꽃대를 올린 상사화야, 상사화야.

얼마나 더 속 끓여야 네게 가 닿겠느냐?
지천명 들어서도 타는 가슴 어찌 못 한
날마다 까치발 든다, 얼굴 한번 보겠다고.

이젠, 널 내려놓고 하늘 훨훨 날고 싶다.
짐이 된 너나 나나 헛물만 켜온 날들
파르르 떨리는 입술, 늦바람이 훑고 간다.

달무리 서다

1.
냉가슴 쓸어내렸죠,

숱한 날 그예 그렇게

만나고 헤어진 일 뜻대로 되던가요,

사람이 짓는 일이란

한 치 앞 알 수 없죠.

2.
새초롬한 별이 떴죠,

도움닫기 널을 뛰고

반쪽이 반쪽을 만나 하나가 되기까지

내 얼굴 달무리 둘렀죠,

화들짝 놀라 깼죠.

벽돌 담장

외줄 선 벽돌 담장 천 리 길 장벽인가.
이웃은 이웃인데 타향 사람 낯빛이다.
아니다,
이게 아니다.
사촌이라 불러다오.

우리 집 백목련은 이웃집 마당에 피고
이웃집 자목련은 우리 집 마당에 핀다.
백목련
자목련같이
어우러지면 좋겠다.

만나면 살가워서 볼이라도 맞대보고
빈대떡 한 소댕 부쳐 속말 서로 건넬 때
날마다
경계선 무너진다,
덩굴장미 어깨 겯듯.

퉁방울눈 울보

비 내릴까, 걱정 걱정
실직 가장 목청 돋운다.

둥근 연잎 연단演壇에 오른 퉁방울눈 청개구리

눈물도
씨가 말랐나,
천일염 해가 뜬다.

2부

양자산의 봄

따스한 봄볕 전율 입질하는 꽃숭어리
그 느낌 그리 좋아 둥지 틀고 눌러앉아
갈라진 바윗돌 사이, 텃새가 살고 있다.

능선의 나무 잎사귀 다투어 짙어지면
기슭에 노닐러 온 고슴도치 데굴데굴
해묵은 엉겁을 거둬 맑은 물에 헹궈낸다.

노스님 갓 돋아난 고사리순 꺾는다.
숨 고르고 목 축이고 산 더덕을 캐다가
산사의 풍경 소리에 마음마저 푸르다.

귀 세운 다람쥐가 쳇바퀴를 휘돌린다.
산자락 벚꽃 손님 나비 되어 날아가고
하 마냥 그리움 하나 가부좌 틀고 있다.

꿈틀
– 여강에서

1.

솔수펑이 바람 일어 잔솔가지 뒤흔든다.
금모래 훑는 물살 물뱀이 꼬리를 물고
죽어야 눈 뜨는 조가비
비로소 숨 돌린다.

2.

피라미 비늘 같은 물이랑 하늘을 치고
파마머리 갈대꽃밭 더부살이 새가 난다.
달뜨는 열예닐곱 살
일기장을 훔쳐볼까.

3.

붓을 든 산그림자 물구나무서는 서녘
붉게도 물든 놀빛 다시 숨을 부풀리고
타다 만 잿더미 속에
사리 몇과 반짝인다.

4.
어제인가 오늘인가 넘실대는 수묵의 강
금 낚시 입질하는 눈동자 파닥거릴 때
별 겯듯* 반짝인 물길,
수지침을 놓는다.

* 별이 총총 박히듯.

여강 랩소디

무슨 말 주고받나 백만 화공 둘러앉아
자맥질로 잔뼈 굵은 은사 입은 수양버들
물소리 말간 여음餘音을
배경 음악 깔아놓고.

찰랑찰랑 되질한다, 파노라마 펼친 물살
어지럼증 앓는 건지 그림은 늘 곡선이다.
가만히 들여다보면
피카소의 추상화다.

둥근 파문 일으키고 새 한 마리 날아간다.
지우개로 지워낸 듯 그림자만 남은 남루
어둠은 환한 세상 품은
또 하나 꽃봉오리.

그 봄날, 여강

밤 꼬박 지샌 강이 물안개를 피워 문다.
파란만장 숨 고르듯 낮게, 낮게 몸 낮추고
물이랑 모래톱 헐어
쌀 일듯 조리질하며.

명지바람 길들인다, 첫눈 뜬 강어귀에
딱새 일가 목 축이다 발자국 꾹 찍는 사이
푸드덕 깃 터는 소리
봄빛 물고 성큼 오고.

생채기 새살 돋듯 꽃눈 잎눈 움트는가.
2% 덜 여문 햇살 콕·콕·콕 쪼아댈 즈음
내 유년 고 작은 입이
버들피리 불며 온다.

동백 꽃물 박새 부리

메숲진 봉미산*이 펼쳐 보인 손바닥에
가부좌 튼 석종 하나 게송偈頌을 외는 사이
동안거 마친 여강은
공염불 되새기고.

마칼바람 물을 건너 열두 발 상모 돌리듯
눈곱 낀 생강나무 졸다 깨다 볼 비빌 때
가지 끝 꽃눈 틔우는
햇살 그도 널을 뛴다.

꼬르륵 시장기의 배꼽시계 울린 한낮
잔설마저 녹여내나, 집요한 저 박새 부리
해종일 쪼아댄 입가에
동백 꽃물 흥건하다.

* 경기도 여주시 북내면 신남리 소재. 신륵사 뒷산.

강여울, 바이올린 켜다

1.

누군가 그리울 땐 목청 한껏 돋울 일이다.
이에 저에 풀잎들이 단내 물씬 풀어내듯
날마다 가슴을 에는 꽃 한 송이 피워 물고.

2.

산허리 휘감은 안개 발레리나 춤사위다.
종일토록 넋을 놓고 바라보던 저 앵자봉*
화들짝 소스라친다, 발그레한 제 모습에.

3.

땅거미 내린 풀숲 들숨 날숨 숨 고른다.
그 속내 눈치챈 듯 낮게 엎딘 산그림자
강여울 물살을 실어 바이올린 켜고 있다.

* 경기도 광주시 곤지암읍과 여주시 산북면에 걸쳐 있는 산.

해토머리 아침

대파 순 붓 꼬느고 바깥세상 노크한다.
아직은 때 이른 봄날 양지바른 텃밭에서
나비 떼 데칼코마니
연둣빛 날갯짓에.

설레발 알락할미새 꽁지깃 동살 펼친다.
들녘이나 집 뜰이나 입김 후, 후 불어 넣고
잉걸불 가슴에 품을 떠꺼머리 부르댄다.

눈길 주면 다가올까, 이름 모를 숨탄것들
오롯이 나만 봐주는 눈동자 속, 별이 반짝
들끓고 식을 줄 모르는
그런 사랑 찾고 싶다.

3월, 꽃다지

하늘 마당 쓸고 있네,
후후 입김 부는 바람
우툴두툴 입술연지 밉네, 곱네, 하면서도
흩날린
햇살 부스러기
고샅고샅 여 나르고.

아기 노루 똥을 누고
펄쩍펄쩍 뛰노는 언덕
이제 막 눈을 떴나, 납작 엎딘 꽃다지가
아무도
봐주지 않자
흑보기* 날 홀리네.

* 눈동자가 한쪽으로만 몰려, 정면으로 보지 못하고 늘 흘겨보는 사람.

여강, 에필로그

1.
만행길 나선 나옹화상 마침표 찍은 자리
낮게, 낮게 그리 느리게 모래톱 경전 쌓는다.
눈 시린 저 모래 사리가 갓 지은 쌀밥이다.

2.
밥술깨나 뜬다 했지, 앞가르마 낯선 그들
남이야 죽든 말든 일사천리 몰아친 노역
봉미산 병풍 두르고 준설선 띄운 그날.

3.
곡선 이어 직선 사이 물길 흐름 섞바뀐 듯
콘크리트 굳은 봇둑 백 리 어도 막아서고
숨 가쁜 버들치 입이 튼튼 장벽 연신 문다.

송현마을 일기 1

허리 펼 짬도 없이 고된 일 마다 않던,
그때 그 얼굴들은 어디 가고 없는 걸까.
들녘엔 고추잠자리 맴돌다 날아갈 뿐.

두서넛 백로 일가 날아들어 깃 고른다.
진종일 김을 매듯 무논 저리 헤집다가
보란 듯 경계를 서나, 긴 목 곧추세우고.

인적 뜸한 마을 어귀 호젓해도 여전하다.
발 닿는 고샅길마다 잔정 아직 남았는지
금등화 까치발 딛고 여태 날 기다렸을까?

왜 그땐 몰랐을까, 여기가 딴 세상인 줄
아무 눈치 못 챈 그날 뛰쳐나갈 궁리만 했지
먼 길을 돌아온 안골 뻐꾸기도 목 잠긴다.

원적산* 노루귀

가끔 뉘 홀려놓고
돌아서는 그 뒷모습
여태껏 겻불처럼 가슴에 묻고 살았다.
어느 날
기별도 않고
성큼 오는 그대같이.

낯을 든 꽃망울이
노루목 턱을 괸다.
그날 널 놓아버린 바람 잦은 고갯마루
보고도
또, 보고 싶은
애탄 사랑 그대같이.

* 경기도 여주시, 이천시, 광주시 경계에 있는 산.

물총새의 기억

봉미산 품은 강이 은박지 구겼다 편다.
소신공양 마친 놀이 달뜬 앙금 갈앉힐 때
물이랑 그 갈피갈피 팔분음표 뛰어놀고.

또 하나 고즈넉이 격이 다른 너름새로
배곯은 물총새가 쉬리 물고 나는 서녘
짙붉은 아가미 속에 기도하는 내가 있다.

노을 저편

여름날 산골 마을
휘파람새 울고 가면

태양은 낙타 등 타고
노을 저편 꽃길 걷겠다.

나 홀로
사랑에 빠져
샛별 하나 품어본다.

어떤, 고요

하나를 일러줄 때 열 개를 깨친다고
골골샅샅 넘나들던 설레발 어르신네
어느 날
눈 부라리고
자명종을 울려댔죠.

자리 털고 일어났죠, 무슨 큰일 났나 싶어
꿀잠 깬 그 사나이 퉁퉁 부은 낯을 들고
어머닌
어디 가셨죠?
되묻는, 뒤 고요 같은.

3부

한탄강 주상절리, 아바타를 읽다

한탄강 분지 곳곳 다각형 각뿔 세웠지
부글부글 용암 반죽 차지도록 치댄 뒤끝
물감 채 마르지 않은 수묵화 내다 건 듯.

부러지면 부러졌지, 휘어질 일 없는 외곬
수직으로 곧게 서거나, 펀더기 길게 눕거나
세파에 단련된 강단 용광로도 못 녹인다.

타협할 줄 모르고 끝내 외길 고집한다.
정釘 하나 들이밀 땐 도마뱀 꼬리 자르듯
눈앞에 곧은 심지로 아바타 우뚝 선다.

석촌동 돌무지

손 들어 쓸어본다, 입 다문 돌무덤을
해를 따라 순장되는 저녁놀 바라볼 때
석공의 손짓 흉내로
정을 높이 쳐든 바람.

한 사내 봉인 풀고 바윗돌 궁굴린다.
누천년 비바람에 모난 돌도 귀가 열려
진묘수 이끼 낀 이마
달빛마저 흔들린다.

얼마나 마름질했기에 지금 여기 닿았을까.
돌로 짠 묘혈 속에 신생의 궁문 열고
열하를 건너온 햇귀
금도금 붓질한다.

청령포, 굴뚝새가 하는 말

바깥바람 길들인다, 솔수펑이 언저리에
퀭한 눈 굴뚝새가 쫑긋쫑긋 귀 세울 때
나뭇잎 하늘 울리나, 그 먹먹한 목소리로.

산 겹겹이 아우라지 숨이 턱턱 차오른다.
위리안치 돌아 나는 굽이친 강 어깨 너머
돌 쪼는 동강할미꽃, 역린의 눈빛이다.

씻김굿 하나 보다 울먹거리는 물이랑은
거문고 탄주하듯, 옹이 진 매듭 풀듯
지는 해 목말 태우고 금빛 날개 달아줄까.

하늘, 콩새

미생이전未生以前 붓 꼬느는
콧등 시린 이른 봄날
독기 품은 눈초리로 먼 하늘 쏘아보고
돌부처 이마를 씻을
샛강 물을 길어 온다.

입발림 용숫바람 독화술 터득한 듯
가뭇없는 미지의 땅 강파르게 밟고 선다.
화선지 펼쳐 든 동녘
밑그림 그려놓고.

깨치면 깨칠수록 눈곱 낀 눈 맑아진다.
날마다 짓고 허문 진경산수 품은 가슴
솔거의 노송도인가,
날아든 새 떼창 한다.

어머니, 하현

굽은 등이 오름이다, 구순 앞둔 울 어머니
눈도 귀도 어둡다고 하늘 또한 내려앉아
하현달 가문비나무에 허물 벗어 걸고 있다.

굴참나무 껍질 같은 주름진 그 손으로
뜰아래 일궈놓은 두 평 남짓 살피꽃밭
꼿꼿이 허리 편 붓꽃 그림 같은 터앝 일굴 때.

먹물 잠긴 눈동자 속 날아든 새가 있다.
사그라질 달빛 한 줌 피붙인 듯 그러안고
수천 번 넘나든 오름 무릇 꽃대 살핀다.

귀 뜨다*

1.
들레는 마당귀에
감잎 보살 누워 있다.
얼근한 사내처럼 걸머진 짐 내려놓고
뒷담화 무슨 말 하나 엿듣는 이내마저.

속앓이 이젠 그만 울부짖다 목이 메고
나부낀 생 한 자락이 통성기도 마친 뒤끝
머리맡 쇠뿔이 돋아 홍시 한 알 치받는다.

물컹한 몸맨두리 나이테 또 두를 건가.
태양신을 영접하듯, 세상 이치 터득하듯
굴절된 햇발이 번져 그림자를 지울 때.

속 비치는 몸속으로 파랑새가 날아든다.
단풍잎 물이 든 날 엽서 한 장 띄워줄까?
잰걸음 우듬지 올라 만국기 귀에 걸고.

2.
카톡, 카톡 발신음에 편서풍 댓글 단다.
노란연두 블라우스 즐겨 입던 딸아이가
귀 뜨다 잠 못 이루나,
울음소리 되울림만….

* 세상에 태어나 처음으로 소리를 알아듣게 되다.

메밀밭 페르소나

소쩍새 울음소리 음유시인 불러낸다.
숨 고르는 바람마저 삼매에 든 골든 타임
시심을 떠보는 걸까?
눈이 반짝, 발광체.

붓 세워 곡선 긋는 지평선 끄트머리
달뜬 속내 말아 쥐고 미리내 흐르는가,
섬지기 꽃부리서껀
이마 맡에 별이 뜨고.

목이 쉰 풀벌레가 이끌고 온 꼭두새벽
이슬방울 덖은 입술 활시위 당길 텐가
메밀꽃 잗다란 맵시
아침놀이 넘본다.

폐지 줍는 노인

손수레 끌고 간다, 굽이굽이 구만리 길

포갬포갬 쌓아 올린 폐지 더미 탑이 되고

등 굽은 하현달 싣고

가풀막도 한걸음에.

동행

－탁상시계에 관한 데생

넌지시 등을 민다, 앞서거니 뒤서거니
각인된 숫자 부표 째깍째깍 되짚으며
뉘 하나 뒤떨어질까 봐
보폭 또한 조절한다.

가슴팍 멍들어도 자명종 되우 울린다.
목젖까지 차오른 숨 깔딱고개 넘는 건가.
붓 세운 샐비어 꽃대
짙붉게 하늘 떨치고.

함께라는 수식어를 일깨워 준 성좌 위로
태엽 다 풀어지도록 쉼 없이 다그치고
끝 모를 아득한 거리
어깨 겯고 걷는다.

비로소 깨우친 걸까? 동행 그 잰걸음을
된바람 오면가면 헤살 놓는 어름에서

지축을 뒤흔들 기세
도약대가 짙푸르다.

파장 무렵

해거름 뉘엿대는
늦은 오후 시장 골목

"떨이요, 떨이"란 말
잰 발걸음 붙잡다 놓고

저릿한 저 네온등만
달빛 팔짱 끼고 도네.

천관산 설화

천관 꾹 눌러쓴 산 누가 왔다 가든 말든
불볕더위 열기 모아 마른 장작 지펴댄다.
너덜겅 오르는 사내 눈물 됫박 쏟아내고.

외사랑 찾아 나선 바람 발길 재촉한다.
억새 갈기 세운 하늘 말 없는 말발굽 소리
천 리 길 내달려 온 듯 때늦은 복장 치고.

들쭉날쭉 공룡능선 말구유 다 비울 즘
칠월 칠석 절집 마당 구름 인파 몰려온다.
가멸찬 사랑 다질까, 오작교 잇대놓고.

등신불 눈을 뜬다, 한 몸뚱이 불사르고
매몰차게 돌아섰던 그가 다시 납신다기에
바우옷* 움킨 천관녀 우담바라 벙근다.

* '이끼'의 방언.

반룡송*

하늘, 늘 떠받치고 땅만 보고 사는 생애
정적政敵마저 품을 만큼 앙가슴 푼푼하다.
반그늘 거두는 밤낮 솔방울 등불 켜고.

해진 갑옷 깁나 보다 돗바늘 한 땀 한 땀
옹이 박힌 나이테를 가전체처럼 그러안고
숙련된 장인이라나, 운필 또한 사부작댄다.

용틀임은 지금부터 갈수록 더 가파른 길
시답잖은 세상살이 나에겐 족쇄 같은 것
부라린 용이 되리라, 거듭거듭 몸 낮춘다.

* 천연기념물 제381호.

물방울 마을 톺아보기

가죽 드럼 두드린다, 오락가락 소낙비가
소릿결 화음 구르는 놀이마당 토란잎을
공명통 울리는 품새
구름 관중 몰려오고.

까치발 꽃대 하나 또 한세상 받쳐 든다.
목청 돋운 쓰르라미 꽃무지개 띄운 한낮
볕 깃든 물방울 마을
한결같이 먹먹해도.

서로 다른 멜로딘가, 오선지 그려놓고
풀벌레 입술 하나 저만의 악보 그릴 때
지평선 뛰노는 바람
푸른 악단 지휘한다.

늑장 봄

느닷없이 찾아오는
'말이음표' 줄느런하다.
들숨 날숨 몰아쉬는 생의 2막 푸나무들
앙다문 꽃눈 틔우듯 난분분 바다 건너.

덜컹대는 갱년기라 AS 거듭할 나이
어두운 눈 밝혀줄까, 날마다 꿈길 걷고
늑장 봄 곱씹을수록
돈오돈수 깨어난다.

4부

용문사 가는 길

용문사 가는 숲길
바람 그도 솔내 젖고

어머니 그 푸근한 품속 같은 오솔길에

깡마른 솔방울 하나
발등에
툭!
챕니다.

가시연꽃

아른거린 별을 좇다 가장이 된, 그날부터
풀어도 풀리지 않는 자물쇠 손에 쥐고
부라린 눈 못 거둔다, 물기 젖은 울 아버지.

고치집 짓나 보다 들숨 날숨 몰아쉬며
쉼 없이 내린 뿌리 물속의 길 찾는다.
닿을 듯 닿을 것 같은 하늘빛은 어디에.

멈출 줄 모르는 발길 뉜 바람 일으킨다.
수면 아래 가라앉은 무지개 건져 올릴까?
앙상한 가시만 남은 울 아버지 꼿꼿하다.

노화도 시편 1

수평선 어깨 넘어 우렁쉥이 꿈틀댈 즘
애벌구이 초승달은 낮은 데로 이우는가,
해조음 말문을 트듯 외딴섬이 뒤척이고.

속울음 우는 밤은 천 리 장벽 무너진다.
뜬눈으로 헤아린 별 넘지 못할 산이 되고
저 몹쓸 해풍이 들어 문풍지 뚫고 간다.

모를 게 사내라고 이르시던 홀어머니
쏴 쏴 쏴 파도 몇 채 그러안고 흐느낀다.
동백꽃, 동백꽃 저리 짙붉게도 피워놓고.

서울로 시집간다, 몇 날 며칠 선잠 깨고
해우발 남실대는 바다 닮은 그 딸년이
이제는 물빛만 봐도 그렁그렁 눈물 고인다.

눈 깜빡하는 사이

봄인가 싶더니만 짙푸른 여름이다.
빨랫줄 떠받치던 바지랑대 누운 자리
아무도 눈길 안 주는
반달 같은 해가 뜰 뿐.

눈 깜빡하는 사이 꽃 지는 줄 몰랐을까.
오안五眼의 눈 어두워져 한 치 앞 볼 수 없고
어머닌 그예 그렇게
물끄러미 먼 하늘만….

산문 밖 바람 소리 식솔 그리 불러내나?
소스라쳐 귀가 서던 그 먹먹한 날의 뒤끝
부챗살 펼친 이마에
맨드라미 꽃물 든다.

시간 여행

1.

발 담근 실개천이 하늘 끝에 닿아 있다.
알록달록 꽃물 드는 미색의 꽃단풍이
동박새 날갯짓하듯
산 아래로 내려온다.

2.

능선 따라 산골짜기 불똥 튀어 술렁인다.
잔기침 쿨럭이는 그루터기 후승後承마저
서리꽃 비친 이마에
상고대가 어른대고.

3.

늘그막 잔뼈 사린 바람이 할퀸 자리
한겨울 몇 발짝 앞 피붙이들 불러놓고
어머니 씨아* 돌린 날
함박눈이 쏟아졌지.

* 목화의 씨를 빼는 기구.

태백성, 혹은

양날 선 검으로도 가를 수 없는 블랙홀 그곳엔 누가 있어 몸도 맘도 이끌리는가, 한순간 시위 떠난 화살 멈출 줄을 모르고.

깔끗한 저 태백성 이슥도록 정을 든다. 시르죽은 성채 하나 길들인 변방에서 목덜미 환한 칸나의 붉은 볼을 훔치고.

불꽃 튄 눈동자 속 불현듯 파랑 인다. 미리내 강물 속을 겨눠보던 이내마저 파르르 달아오르는 양은냄비 근성으로.

몇 광년 질러온 듯 핼쑥해진 별똥별이 양지바른 앞발치에 사과나무 심어놓고 은가루 흩뿌린 하늘 한 점 바람 일으킨다.

미닫이문 스륵 열고

걸음발이 만근입니다, 어깨 누른 짐 내려놓고
알츠하이머 아버지 요양병원 가는 그날,
하얘진 억새의 들판 갈 길 참 아득합니다.

해 질 녘 놀빛처럼 눈시울이 붉습니다.
몸져누운 당신보다 시중드는 날 굽어보고
식솔이 더 안됐다며 베갯잇을 적십니다.

숨 가쁜 명지바람 한달음에 내달려 온 듯
미닫이문 스륵 열고 환한 하늘 영접합니다.
봄 마중 화단 한쪽에 자목련 피워 물고.

기막힌 이별

꼿꼿이 서 있어야 할 당신이 누워 있다.
무쇠처럼 무거운 몸, 먼 하늘만 물끄러미
옆발치 모로 누운 나,
애끓다 옷깃 젖고.

가위눌린 잠자리 위로 금빛 벌새 날아와서
움켜쥔 빛 콕콕 쫀다, 먼 길 떠날 그 시간에
속울음 터뜨린 벗꽃
하늘길 열어주고.

당부할 귀엣말이 허공 한끝 맴도는지
먹장구름 걷힌 아침 뒤안길은 따사롭다.
가슴속 깊이 쟁여둔
만장 갈피 들끓는다.

땅끝마을

- 포구에서

땅끝이라, 외진 마을
마음 귀 씻고 있다.
고산 그 잰 발걸음 멈칫 서서 쉬어 갔을…
긴 침묵
깨는 앞바다
물이랑 앞섶 풀고.

여객선 들고 난다,
동백꽃 짐 한껏 싣고
너울이 된 뱃사람들 포구에서 숨 고를 때
바람도
허기가 지나,
시심詩心 가득 이고 간다.

양은냄비

달싹달싹 달싹댄다, 잔일 많은 주방에서
내 얼굴 꼭 빼닮은 일그러진 양은냄비
찌든 때 벗기고 보면 금빛 아직 선연한.

금세 그리 달궈지고 돌아서면 그예 식는,
그땐 나도 그랬을까? 덜렁쇠 몸짓으로
이따금 더운 입김 모아 달맞이꽃 피운다.

움푹 팬 주름만큼 생의 이력 쌓였던가.
쿵쿵 뛰던 앙가슴 이쯤이면 잦아들고
아직은 그 속내 몰라 눈길 주면 화색 도는.

참선에 든 산
－해오라기난초에게

우람한 사내들의 울음마저 삼켜버린
산릉선 귓불 세우고 하늘 저리 떠받든다.
한살이 모질게 살라 귀띔하듯, 참선하듯.

떡갈나무, 오리나무 둘러앉아 비손한다.
마음 흔들 꼬임에도 세상 바로 보겠다고
저만의 길을 트는가, 만행 걸음 무겁다.

너름새 가다듬고 꽃차례를 기다린다.
땀방울 맺힌 이마 목 축이듯 핥는 바람
저저이 앙감질하던 햇살 또한 낯을 들고.

산허리 겹겹 두른 물안개를 걷어낸다.
이제 막 눈뜬 내게 상상 날개 달아줄까?
볕 쪼는 해오라기난초 문득, 깃을 펼친다.

자목련, 꽃 진 자리

마른입 회리바람 작달비를 물고 온다.
앙다문 꽃부리들 새도록 목마를 때
뉘에게 할 말이 있나,
느린 걸음 재촉한다.

꽃망울 터트릴 듯 몸부림도 부산하게
자고 나면 다른 얼굴 붉디붉게 화색 돈다.
첫눈 뜬 때 이른 아침
허파꽈리 부풀리고.

유리벽 빌딩 숲 속 거울 보는 그가 있다.
겉과 속 다른 얼굴 꽃받침 끊은 햇살
눈치챈 벌 나비 훨훨
입 맞춘 뒤 줄행랑이다.

깊이를 가늠 못 할 늪, 떠꺼머리 맴을 돈다.
한순간 깃털 같은 꽃잎 툭! 떨어진 곳

날마다 애만 끓이는
노을 저편 애벌 해!

봄의 서사敍事

1.

지문마저 지우려나, 다단조로 내리는 비
추임새 넣는 품새로 낙숫물 톰방댈 때
무아경 허공을 쫀다, 꽃부리 쪽잠 깨고.

눈길을 주면 줄수록 한 올 외투를 벗는
입술 훔친 동박새가 지난날 나만 같아
화들짝 놀란 앙가슴, 홍매처럼 붉디붉다.

2.

잠깐 왔다 스릇 지는 짧은 꽃철이지만
요란한 높새바람 변죽 치듯 지나가고
이쯤서 관지觀止를 할까, 쉼표 하나 찍는 자리.

놀빛 한 짐 걸머진 그 버거운 날의 뒤끝
'ㄱ'자로 굽은 허리 곧추세워 멀리 보고
한 사내 앙감질한다, 저문 해가 아쉬워서.

서운암 금낭화

흐드러진 금낭화꽃
병풍 두른 능선 아래
바깥세상 기웃대다 가부좌 튼 너럭바위
장독대 품은 품새가 영락없는 부처 같다.

입산 금지 푯말 꽂고 경계, 선 산모롱이
치부를 덮어줄까? 초록 이불 누비는 바람
발치께 굽이친 여울
금빛 은빛 꽃말 잇고.

길손 발길 멈칫멈칫 발뒤꿈치 드는 고요
한나절 풍경이 운다, 땡그랑 땡그랑 땡땡
명치끝 때리는 새가
오도송悟道頌을 외고 있다.

5부

궁하니까?

뒷배는 무슨 뒷배 '궁하니까' 줄을 섰죠.
딸랑딸랑 꼬리 쳐야, 눈길 한 번 주는걸요.
자존심 내려놓았죠,
밥 한술 뜨겠다고.

뭣을 바라 삼보일배 '궁하니까' 기도하죠.
하루 빌어 하루 사는 비렁뱅이 그 삶이란
손가락 빨고 살겠죠,
가난이 죄인지라.

언제까지 무릎 꿇죠, '궁하니까' 말도 안 돼
한목숨 죽고 사는 일, 누가 대신해 줄까요.
세상엔 공짜가 없죠,
이 악물고 살 수밖에.

번개 배달 한때

배곯을까, 시간 다툼 귀청 마구 찢어댄다.
콧대 높은 고층 빌딩 검붉은 놀 드리울 즘
그 무슨 경종 울리나,
명치끝 때리는 바람.

갈 길 바쁜 교차로에 신발 한 짝 나뒹군다.
번개 배달 된다기에 배꼽시계 수선 떤 날
아뿔싸! 한발 늦었구나,
한목숨 먼 길 뜨고.

숨 돌릴 겨를도 없이 빨리빨리 서두른 탓
앞만 보고 달려온 길 돌아갈 길은 없고
불현듯 떠오른 그 말
"급할수록 돌아가라."

허튼층쌓기

허구한 날 포커스는 나에게 맞춰졌다.
고층 앞에 설 때마다 그림자로 눕는 몸피
흙수저 물고 나왔나,
빈손 불끈 말아 쥔다.

까마득한 마천루를 눈높이로 바라본다.
엘리베이터 올라타면 잠깐 사이 닿는 거리
느려도 한 계단씩 올라
개밥바라기 걸련다.

넋두리나 군말 따윈 어리석은 허튼층쌓기
맑고 푸른 대자보에 의문부호 찍는 일이지
그 뉘의 엉너리인가,
말 속에 뼈가 있다.

갑질, 혹은 꼴값

어디서나 마주치면 예를 갖춰 조아렸지.
깁스한 듯 그 사내는 본체만체 헛기침만
뒷담화 무성한, 그날
온종일 발품 판다.

특권층 열쇠를 쥔 면죄부는 늘 그쪽 손에
하루에도 열두 번씩 울화 울컥 치미는데
꼴값도 제멋대로다,
변명 또한 가지가지.

눈칫밥 이에 저에 배알 없이 느는 나이
이마 주름 깊을수록 심지 꾹꾹 다잡을 터
평등을 외치는 거기
'을'은 없고 '갑'만 있다.

거미손의 하루

외줄 몸 의지하고 천 길 벼랑 뛰어든다.
짱짱한 유리벽에 가족 얼굴 어른댈 때
거미손 발싸심한다,
볶아치는 그 어름에.

옭아맨 매듭 푸는 바람 그도 떨고 있다.
낯설지 않은 풍경 더께 진 앙금만 남고
들추면 쓰라린 속내
서로서로 덮어줄 뿐.

문지르고 대낀 하늘 먹장구름 드리운다.
깍지 낀 손 놓지 않고 앙버틴 사람들이
목숨을 담보한, 그날
하루 품삯 움켜쥔다.

달팽이 보법步法

몇 날 며칠 공글린다, 미끌미끌 몸맨두리
손가락질하든 말든 곧은 심지心地 촉각 세우고
장맛비 오르락내리락 바이없이 발품 팔 때.

눈칫밥도 밥이라고 배불리 먹은 날은
느긋이 천리만리 어딘들 못 가겠는가,
날 들면 사라질 안개 허리춤에 둘러놓고.

끈덕지게 갈 길 간다, 참을성 타고난 듯
낭떠러지 끌어안고 생목숨 부지한, 그
막바지 다다랐을까? 모들뜬 눈 부라린다.

어떤, 눈치코치

뻔뻔하게 살아야 해, 눈치코치 보지 말고

궁상떨던 사람은 죽어서도 궁상만 떤대. 그러게 내가 뭐
랬어. 세 살 버릇 여든 간다고 했잖아, 했잖아. 구순을 바
라보는 울 어머닌 먹고 놀면 큰일 나는 줄 알아. 아직도
농사철엔 논밭 뙈기 붙들고 사시거든. 눈 뜨거나 눈 감거
나 농사일 걱정만 해. 쉴 새 죽을 새 없이 하도 바쁜 분이
시라 늘 청춘인 줄 아셔. 어쨌거나 저쨌거나 족적足跡 하나
쯤 남겨야지. 아무렴 그렇고말고, 두말하면 잔소리지. 지
구의 종말 올지 안 올지 내사 마 모르지만 지레 겁먹지 마
시게나. 밤하늘 무수한 별, 별처럼 반짝반짝 눈 부라리고
살아야 해.

보란 듯 생의 행간에 느낌표 꾹꾹 찍어가며.

비누

눈길 주면 또 줄수록 닳아지는 몸맨두리

문대면 거품 게운다, 꽃무지개 띄울 듯이… 언제나 어디서나 부리는 몸 한결같이. 급할수록 느린 걸음 세상 물정 굽어본다. 제 그림자 지우지 못한 떠꺼머리 뉘 봐줄까. 웬일일까, 분내 살내 몸 냄새가 그곳에서 배어난다. 바람 부는 그날따라 몸 부푸는 몸피, 몸피. 빛 쏟을 짬도 없이 폭죽 펑펑 터뜨린 날, 눈이 번쩍 귀가 쫑긋 번갯불 불똥 튄 날. 업보라는 짊어진 짐 내려놓을 그때까지

겨워도 예삿날처럼 눈곱 낀 안구眼球 닦을 터.

펜, 다시 세우다

굴절된 햇살이 자꾸 속눈썹을 간질인다.
물결무늬 밑줄 긋듯, 금맥을 짚어가듯
썰렁한 먼먼 하늘 끝 마침표 찍는 자리.

한 발짝 다가가면 또 한 발짝 물러선다.
붉게 언 산수유 열매 발등에 툭 떨어지고
더러는 제풀에 꺾여 노을처럼 흐너진다.

붓대를 움켜쥔 갈대 목울대 곧추세운다.
휘청! 허리 휘도록 물감 흠뻑 적신 바람
허방도 길이라 했나, 걸음 재게 놀린다.

한낮의 수사 修辭

'과속 금지' 표지판이 일러주는 교차로에
발목 잡힌 차량 행렬 숨 가쁘다 투덜댈 때
저만치 나이 든 산이 긴 메아리 풀어낸다.

들쭉날쭉 빌딩 숲에 만파식적 길들였나.
임계점 도달한 듯 지고 온 짐 내려놓고
세상을 새겨보는 눈, 길 위에서 터득한다.

깜박깜박 신호등이 꼬인 생을 푸는 걸까.
구름 뒤로 숨은 이내 비로소 낯을 들고
한 걸음 올라선 하늘, 보살 같은 해가 뜬다.

묵정밭, 떴다방 1

왜바람 수작 건다, 벌건 대낮 떴다방에
환한 하늘 품은 망초 꽃망울 터뜨릴 때
고도를 기다리는가?
목 빼고 바라본다.

천둥지둥 먹장구름 황소울음 몰고 온다.
턱 밑까지 차오른 숨 묵정밭 쟁기질하는
어렴풋 떠올린 얼굴
허공에서 어룽진다.

들락날락 성가시다, 팔짱 낀 음흉한 민낯
노른자위 땅 손에 쥔 듯 경작 금지 푯말 꽂고
묻지 마, 씨를 뿌린다.
본토박이 씨 말린다.

비파나무 발라드
―목포 기행

어딜 가나 목청 돋운다,
귀청 찢는 볼멘소리
젊은 일꾼 떠났단 거 밤이 되어 알게 됐다.
매립지 넓은 그 공터 이방인 달이 뜨고.

뒷짐 지고 물러앉은 배 한 척 졸고 있다.
줄 잘 서야 먹고 산다, 줄 잇는 행렬 뒤로
갓바위 눌러쓴 절벽 묻는 말에, 딴청이다.

뉘시기에 발품 파나 뚜뚜루 뚜뚜루루
얼굴 반쪽 내밀고 간 회색 도시 골목대장
불 꺼진 오거리 뒷골목 백목련 피워 문다.

잦은 풍파 견뎌내는 비파나무 심고 싶다.
어머니 쉼터 같은 삼학도 앉힌 자리
조기 떼 몰고 온 바다 입입이 나눠줄까.

강촌마을 몽타주

프리미엄 붙었단다, 재개발 소문 타고
쑥대머리 갈대 일가 가격 담합 부추기고
헛바람 팽팽한 사람들
뱃구레 다 채웠을까.

숲이 된 울 아버지 풀 죽은 날 들깨운다.
바람 잦은 언덕배기 붉은 리본 징거맬 즘
어찌 된 영문이려나?
젖 먹던 힘 불끈 솟고.

천군만마 별 뜨는가, 먹구름 걷힌 그날
깡마른 강촌마을 등진 이웃 되돌아와
물너울 헹가래 친다,
굴러온 돌 뽑아낸다.

접미사를 만지작대다

비워봐 다 비워봐, 티끌 하나 남김없이
무에 그리 서러워서 앙가슴 들먹거릴까?
되새겨 곱씹어 봤나,
지난날 실루엣을.

돌아봐 뒤돌아봐, 어깨 겯고 산 사람들
바람 잦고 길손 드문 오지 마을 산모롱이
제 어미 그리는 새가
접미사를 읊조리듯.

자화상 들여다봐, 울혈 든 낯을 들고
삼라만상 부여안고 되작이는 강물같이
잡생각 떨쳐낸, 그날
쨍 쨍 햇발 튈 테니까.

해설

우로보로스의 안과 밖

임채성 시인

그리스 신화에 보면 우로보로스Ouroboros라는 뱀(용이라고도 한다)이 있다. 이 뱀은 몸을 둥글게 말아 자신의 꼬리를 먹고 있는 형상으로 그려진다. 그리스 말인 우로보로스는 '꼬리'를 뜻하는 '우라oura'와 '먹는다'는 뜻의 '보로스boros'의 합성어로 '꼬리를 삼키는 자'라는 의미를 갖고 있다. 자기 꼬리를 물고 있는 이러한 괴물의 형상은 그리스뿐만 아니라 고대 이집트와 중국 등 여러 고대 문명에서 공통으로 등장한다. 다양한 문화권에서 나타나는 우로보로스의 상징은 생성과 소멸의 동시성과 먹는 주체와 먹히는 객체의 동일성을 나타내며, 이를 통해 '시작이 곧 끝'이자 '끝이 곧 시작'이라는 의미를 지녀 윤회사상 또는 영원성의 상징으로 인식되어 왔다. 주체와 객체가 동일하다는 것은 자아와 타자가 하나라는 의미다. 세상의 중심인 자아도 객체인 타자가 없으면 존재하지 않는다는 의미로서, 어떠한 주체도 상대방인 객체의 입장에서 보면 그 또한 객체일 뿐이라는 이야기와도 같다. 자신의 꼬리를 먹고 있는 신화적 이미지는 전적으로 자아에 함몰되었거나 타자를 인식할 수 없는 자폐적, 자기도취적 상태를 의미하기도 한다.

복제와 재생, 생성과 소멸이 끝없이 반복되는 우로보로스의 그림처럼 현실은 때때로 출구 없는 무한대의 고리처럼 느껴진다. 꼬리를 계속 먹어들어 가다가 종국에는 다시 태어나는 모습을 보이는 우로보로스처럼 현실과 이상은 끊임없는 조응을 통해 소멸하고 다시 태어나는 과정을 반복하면서 사라지지 않고 계속 순환하는 것이다. 존재와 세계 속에서 보편적인 새로움을 생성하는 능력, 자족적 소우주가 아니라 뫼비우스의 띠처럼 안팎의 경계도 없이 뻗어나가는 드넓은 시공간의 우주……. 김범렬 시인의 시조를 이렇게 정의할 수 있겠다. 꼬리를 물고 있는 우로보로스처럼 명확한 경계를 지을 수 없게, 선행하는 자아와 교행하는 타자와의 상호 교섭과 불화 속에서 태어난 체험적인 세계 인식이 그의 시조를 지탱하는 고갱이로 작용하는 것이다.

김범렬 시인이 창조해 내는 시적 화자들은 소비자본주의 사회의 권력과 욕망으로부터 스스로를 소외시켜 안식처를 찾으려 하는 소시민 같은 주체들이다. 따라서 그가 시조로 불러낸 현실은 지극히 개인적이고 그늘진 일상들이지만 그 이미지의 보편성 때문에 사회적 현상으로 확장된다. 우로보로스의 뱀처럼 아이러니한 세계의 머리와 꼬리를 물고 일상과 이상의 미로 속을 돌고 도는 우리의 모습이 거기에 있기 때문이다. 과거와 현재, 이상과 현실, 상상과 사회적 통념 사이에서 분열하는 자아의 파편들이 김범렬 시조의 큰 줄기라 해도 과언이 아닐 것이다.

1. 안쪽을 앓는 존재의 고독

'철학의 아버지' 소크라테스는 '너 자신을 알라'고 했다. 이 말은 자신을 성찰하고 이해하고 사랑함으로써 자아정체성을 확립하라는 것이다. 자아정체성ego identity은 '나는 누구인가'에 대한 함축적·총체적인 개념으로 인간의 경험, 신념, 가치, 그리고 우리를 둘러싼 다양한 문화적 영향의 산물이다. 따라서 자아정체성은 시간과 공간에 의해 끊임없이 성장하고 변화한다. 그러나 이러한 자아정체성을 찾아가는 길은 힘들고 고통스러운 과정이 될 수 있다. 사회는 종종 미리 정의된 규범과 인식에 따르기를 요구하는데, 이러한 규격에 맞지 않는 사람들로 하여금 소외감을 느끼게 하기 때문이다. 자기 발견의 여정에서 맞닥뜨리는 이러한 불안 요소는 자아를 움츠리게 하거나 고립된 존재로 방치하게 만든다.

붓대라도 세운 걸까, 먹물 죄다 바닥내고
눈 감으면 아른대는 그대 품에 들고 싶다.
저 홀로 꽃대를 올린 상사화야, 상사화야.

얼마나 더 속 끓여야 네게 가 닿겠느냐?
지천명 들어서도 타는 가슴 어찌 못 한
날마다 까치발 든다, 얼굴 한번 보겠다고.

이젠, 널 내려놓고 하늘 훨훨 날고 싶다.
짐이 된 너나 나나 헛물만 켜온 날들
파르르 떨리는 입술, 늦바람이 훑고 간다.
　　　－「상사화, 상사화야」 전문

인간은 자연계에서 본능적 욕구를 넘어 정신적으로 자신의 욕망을 충족하고자 하는 유일한 주체다. 욕망은 무의식 속의 자아가 주체적 자아를 형성하는 과정에서 실체 없는 존재의 실재를 붙잡으려는 데서 오는 주체의 근원적인 결핍 현상을 의미한다. 이처럼 인간이 욕망의 주체인 까닭은 정신적 존재이기 때문이다. 욕망은 근본적으로 무엇인가 결핍을 채우려는 데서 비롯되지만, 그 욕망을 부추기는 요소는 다양하다. 「상사화, 상사화야」에 나타나는 주체의 욕망은 사랑의 갈구에 있다. "눈 감으면 아른대는 그대 품에 들고 싶"어 "저 홀로 꽃대를 올린 상사화"는 애정의 결핍 상태에 놓여 있다. 그 결핍은 결국 쌍방통행이 아닌 일방통행식 외사랑에서 기인한다. '지천명(50세)'의 나이에도 "타는 가슴 어찌 못" 해 '까치발'을 들고 선 사랑에 목마른 화자. 그도 이젠 "헛물만 켜온 날들"을 인식하며 "널 내려놓고 하늘 훨훨 날고 싶다"는 소망을 피력한다. 이루어질 수 없는 사랑의 비애가 "저 홀로 꽃대를 올린" 존재자의 고독을 더욱 깊게 만든다. 꽃과 잎이 서로 보지 못한다고 하여 붙여진 이름의 꽃, 상사화의 한살이를 통해 욕망할 수 없는 것을 욕망하는 고독한 주체의 서글픔과 함께 끝내는 내려놓아야 하는 체념의 상황을 영탄조의 화법으로 절절하게 풀어내고 있는 것이다. 이러한 정서는 "한겨울 가장자리 타는 사랑 뜬금없다"면서도 "암실 같은 가슴속에 오롯이 새긴 당신"을 추억하다 "노을이 된 저 동백꽃"(「동백꽃, 노을이 되다」)에서도 발현되고 있다.

봄인가 싶더니만 짙푸른 여름이다.

빨랫줄 떠받치던 바지랑대 누운 자리

아무도 눈길 안 주는

반달 같은 해가 뜰 뿐.

눈 깜빡하는 사이 꽃 지는 줄 몰랐을까.

오안五眼의 눈 어두워져 한 치 앞 볼 수 없고

어머닌 그예 그렇게

물끄러미 먼 하늘만….

산문 밖 바람 소리 식솔 그리 불러내나?

소스라쳐 귀가 서던 그 먹먹한 날의 뒤끝

부챗살 펼친 이마에

맨드라미 꽃물 든다.

　　　　　－「눈 깜빡하는 사이」 전문

　이 작품은 아일랜드 출신의 노벨문학상 수상 작가 버나드 쇼 Bernard Shaw의 묘비명 "우물쭈물하다 내 이럴 줄 알았지 I knew if I stayed around long enough, something like this would happen"를 떠올리게 한다. 삶에 대한 확신이나 신념 없이 헛되이 시간만 보내다가 결국 최후를 맞았다는 신랄한 자기 조롱의 표현으로 알려졌지만, 최근에 오역으로 밝혀진 그 유명한 문구 말이다. 이 시조

속에서 화자는 "눈 깜빡하는 사이"에 꽃이 지듯 어느새 "오안의 눈 어두워져 한 치 앞 볼 수 없"는 어머니의 노쇠를 탄식한다. '오안五眼'은 불교에서 말하는 다섯 가지 눈이다. 가시적인 색色만 보는 '육안肉眼', 인연과 인과의 현상적인 차별만을 보는 '천안天眼', 공空의 원리를 보는 '혜안慧眼', 다른 이를 깨달음에 이르게 하는 '법안法眼', 모든 것을 볼 수 있는 '불안佛眼'이 그것이다. '오안의 눈'이 어두워졌다는 것은 세상의 현상과 이치를 알 수 없게 되었음을 뜻한다. "산문 밖 바람 소리"를 가족의 발소리가 아닌가 싶어 귀를 쫑긋 세우는 먹먹한 모습 앞에서 화자의 이마는 붉게 상기된다. 그것은 계절 한 번 바뀌는 것처럼 "눈 깜빡하는 사이"에 벌어진 느닷없는 일이기도 하지만, 그렇게 될 때까지 알아차리지 못했다는 자식으로서의 회한이자 탄식이다. 한편으로는 또 한 번의 소멸과 이별을 예감하는 비애의 감정이다. 이는 "잔기침 쿨럭이는 그루터기 후승後承마저/ 서리꽃 비친 이마에/ 상고대가 어른대"는 「시간 여행」을 통해 이미 「기막힌 이별」을 경험했기 때문이다.

꼿꼿이 서 있어야 할 당신이 누워 있다.
무쇠처럼 무거운 몸, 먼 하늘만 물끄러미
옆발치 모로 누운 나,
애끓다 옷깃 젖고.

가위눌린 잠자리 위로 금빛 벌새 날아와서

움켜쥔 빛 콕콕 쫀다, 먼 길 떠날 그 시간에

속울음 터뜨린 벚꽃

하늘길 열어주고.

당부할 귀엣말이 허공 한끝 맴도는지

먹장구름 걷힌 아침 뒤안길은 따사롭다.

가슴속 깊이 쟁여둔

만장 갈피 들끓는다.
　　　－「기막힌 이별」전문

　「기막힌 이별」은 육친의 죽음을 의미한다. "꼿꼿이 서 있어
야 할 당신"의 모습에서 '아버지'가 읽히는 것이다. "아른거
린 별을 좇다 가장이 되"었고 "앙상한 가시만 남"았어도 '꼿
꼿'(「가시연꽃」)하기만 했던 바로 그 아버지다. 가고 없는 혈육
에 대한 그리움을 죽음의 이미지로 표출하고 있는 것이다. 짙
은 회한과 상념에 잠긴 채 화자는 슬픔을 억누르며 죽음을 성
찰한다. "무쇠처럼 무거운 몸"으로 누워 있지만, "금빛 벌새 날
아와서/ 움켜쥔 빛 콕콕 쪼"고, '울음' 같은 꽃잎을 터뜨려 "하
늘길 열어주"는 '벚꽃'이 있어 죽음을 목도한 그 아침이 '따사

롭다'. 그것은 "요양병원 가는 그날" "미닫이문 스륵 열고 환한 하늘 영접하"(「미닫이문 스륵 열고」)던 마음과도 상통한다. 이처럼 근원적 슬픔을 축원으로 승화시키는 상승의 미감은 살아 있음의 소중함을 일깨우는 역설이자 각성의 표현이기도 하다. 이러한 아버지의 모습과 결부된 어머니의 현재를 통해 시인은 「눈 깜빡하는 사이」를 돌아보고 있는 것이다.

이로써 알 수 있듯 삶과 죽음의 비등가성과 불가역성으로 빚어지는 신산한 자아의 내면이 김범렬 시조의 바탕이자 출발점이라고 할 수 있다. 여기서 나아가 자아를 하나의 고정된 실체로 보지 않고 그 경계가 해체됨으로써 낯선 정체성이 움트는 과정을 말 밖의 말과 뜻 밖의 뜻을 좇는 감각적 언표와 언술로 그려내는 작업에 공을 들이고 있는 것이다.

2. 밖을 향한 세계와의 불화

자아는 무의식과 욕망, 충동, 그리고 자신을 둘러싼 주위 환경과 인간관계를 형성하는 주변의 모든 타자들과의 관계 속에서 형성된다. 그 때문에 자아는 새로운 장소, 타인의 시선, 욕망의 크기, 판타지 속에서 끊임없이 전이되고 변화한다. 결국 자기를 안다는 것은 자기 자신과의 관계를 포함한 모든 관계를 인식하고 그 관계를 자기 정체성의 중요한 부분으로 받아들인다는 것이다. 그러나 사회 속에 그물망을 치고 있는 수많은 고정관념과 선입견, 편견은 자기 자신을 직시하는 것을 어렵게 만든다. 자연이나 도시 어디서나 균형을 잃은 삶은 자아를 불안하게 만든다. 안과 밖이 모호하고 불안정한 상황이 일어날 때 불편한 감정이 생기고 이런 과정이 지속되면서 불안감은 점점 가중되는 것이다.

양날 선 검으로도 가를 수 없는 블랙홀 그곳엔 누가 있어 몸도 맘도 이끌리는가, 한순간 시위 떠난 화살 멈출 줄을 모르고.

깔끗한 저 태백성 이슥도록 정을 든다. 시르죽은 성채 하나 길들인 변방에서 목덜미 환한 칸나의 붉은 볼을 훔치고.

불꽃 튄 눈동자 속 불현듯 파랑 인다. 미리내 강물 속을 겨눠 보던 이내마저 파르르 달아오르는 양은냄비 근성으로.

몇 광년 질러온 듯 핼쑥해진 별똥별이 양지바른 앞발치에 사과나무 심어놓고 은가루 흩뿌린 하늘 한 점 바람 일으킨다.
　－「태백성, 혹은」 전문

인간은 자신을 둘러싼 주변 세계와의 관계 속에서 자기를 발견하고 세상을 포함한 타자를 이해하는 성찰의 과정을 통해서 성숙해진다. 이해할 수 없는 상태가 계속될 때 인간이 가진 자율성은 파괴되고 실존의 양감 또한 흐려지거나 가벼워진다. 그렇다면 흔들리는 삶의 중심을 잡아줄 대상은 무엇인가? 혹은 누구인가? 거기에 대해 김범렬 시인은 '태백성'이라고 답한다. 태백성은 저녁 무렵 서쪽 하늘에 보이는 '금성'을 이르는 말이다. 희고 밝게 빛나기 때문에 군주를 상징하거나 나라의 운세를 나타낸다고 믿어져 왔던 별이다. 이 시조의 화자 또한 자신을 이끌거나 시르죽은 삶의 열정을 되살리는 불꽃으로 태백성을 바라본다. 차갑고 쌀쌀맞은 데가 있다는 뜻의 '깔끗한' 이미지를 통해 화자와는 거리를 두고 있지만, 아무리 애를 써도 빠져나올 수 없는 '블랙홀' 같은 어둠을 파훼하는 한 줄기 빛으로써 "몸도 맘도 이끄"는 삶의 구심점이자 길라잡이로 형상화하고 있는 것이다. 그것은 "금세 그리 달궈지고 돌아서면 그예 식"지만 "찌든 때 벗기고 보면 금빛 아직 선연한"「양은냄비」의 근성을 깨우는 일이다. 당연하게도 '양은냄비'는 화자 자신의 은유이다. 그리하여 곧 스러질 운명인 '별똥별'조차 "양지바른 앞발치에 사과나무 심어놓고 은가루 흩뿌린 하늘 한 점 바람 일으키"게 만든다. 어둠의 질량이 무한대로 팽창하는 블랙홀로 그려진 무력한 현실을 벗어날 수 있는 등댓불, 그것이 태백

성이라는 것이다. 우렁한 목소리에 실린 묵시록적인 증언이 구
원의 미래를 예감케 한다.

뒷배는 무슨 뒷배 '궁하니까' 줄을 섰죠.
딸랑딸랑 꼬리 쳐야, 눈길 한 번 주는걸요.
자존심 내려놓았죠,
밥 한술 뜨겠다고.

뭣을 바라 삼보일배 '궁하니까' 기도하죠.
하루 빌어 하루 사는 비렁뱅이 그 삶이란
손가락 빨고 살겠죠,
가난이 죄인지라.

언제까지 무릎 꿇죠, '궁하니까' 말도 안 돼
한목숨 죽고 사는 일, 누가 대신해 줄까요.
세상엔 공짜가 없죠,
이 악물고 살 수밖에.
　　　　－「궁하니까?」 전문

대량생산, 대량소비와 더불어 자본과 물질에 경도된 오늘날
의 삶은 갈수록 획일화되고 단편화되면서 개성의 상실을 가속

화하고 있다. 자신의 정체성을 잃고 방황하는 현대인들은 로마 신화 속 야누스처럼 상반된 모습으로 갈등한다. 자아와 타자, 안과 밖, 희망과 절망 사이에서 우리는 가면을 쓰고 살아가는 것이다. 현대적 삶은 실제 존재 못지않게 허구의 존재를 만들며 영위되고, 이 과정에서 주체 상실에 대한 의문은 반복된다. 이 시조「궁하니까?」는 진짜 얼굴을 잊고 살아가는 사람들에게 보내는 정체성에 대한 물음이다. 그 물음은 풍자와 조롱의 형태를 띤다. 여기서 화자의 "궁하니까"는 자신의 행동이나 선택이 잘못되었다는 걸 알면서도 인정하지 않고, 그럴듯한 이유나 변명을 만들어내며 스스로를 정당화하는 자기합리화self-justification의 방편으로 쓰이고 있다. 반면 제목으로 쓰인 "궁하니까?"라는 말은 화자의 행위가 정당한지를 되묻는 것이다. 이는 하루하루 메마르고 반복된 삶을 살아가는 현대인들에게 '당신은 누구인가?'라는 정체성에 관한 답변을 요구하고 있는 것이다.

이처럼 파편화된 일상을 버티기 위해 속물적으로 살아갈 수밖에 없는 현대인들에 대한 초상은 다른 작품들에서도 엿볼수 있다. "숨 돌릴 겨를도 없이 빨리빨리 서두르"다 "한목숨 먼길 뜨"는 것을 보며 "급할수록 돌아가라"고 외치는 「번개 배달 한때」나 "눈칫밥 이에 저에 배알 없이 느는 나이"에 "이마 주름 깊"어지는 「갑질, 혹은 꼴값」 떠는 세상 앞에서 "외줄 몸 의지하고 천 길 벼랑 뛰어드"는 「거미손의 하루」는 처연하기만 하다.
그래서 너도나도 "노른자위 땅 손에 쥔 듯 경작 금지 푯말"이나
꽂아놓고(「묵정밭, 떴다방 1」) "재개발 소문 타고/ 쑥대머리 갈
대 일가 가격 담합 부추기"는 「강촌마을 몽타주」의 일원처럼
살아가게 되는 것이다.

뻔뻔하게 살아야 해, 눈치코치 보지 말고

궁상떨던 사람은 죽어서도 궁상만 떤대. 그러게 내가 뭐랬어.
세 살 버릇 여든 간다고 했잖아, 했잖아. 구순을 바라보는 울 어
머닌 먹고 놀면 큰일 나는 줄 알아. 아직도 농사철엔 논밭 뙈기
붙들고 사시거든. 눈 뜨거나 눈 감거나 농사일 걱정만 해. 쉴 새
죽을 새 없이 하도 바쁜 분이시라 늘 청춘인 줄 아셔. 어쨌거나
저쨌거나 족적足跡 하나쯤 남겨야지. 아무렴 그렇고말고, 두말
하면 잔소리지. 지구의 종말 올지 안 올지 내사 마 모르지만 지
레 겁먹지 마시게나. 밤하늘 무수한 별, 별처럼 반짝반짝 눈 부
라리고 살아야 해.

보란 듯 생의 행간에 느낌표 꾹꾹 찍어가며.
　　－「어떤, 눈치코치」 전문

「궁하니까?」에서 보여준 풍자와 조롱을 통한 역설의 알레고리는 「어떤, 눈치코치」로도 이어진다. 여기서는 '궁상'떨지 않는 삶을 위해 '뻔뻔하게' 살아야 한다고 강조한다. 궁상떠는 삶의 표본으로는 "구순을 바라보는" '어머니'를 대비시킨다. 그 어머니는 "먹고 놀면 큰일 나는 줄 아"는 분이다. 그래서 "아직도 농사철엔 논밭 뙤기 붙들고" "농사일 걱정만" 한다. 화자가 보기에는 "쉴 새 죽을 새 없이" 우직하게 농사일만 하는 어머니가 답답한 것이다. 그러한 답답함 속에는 농사짓는 땅을 팔거나 건물을 올리면 충분히 '놀고먹을 수 있다'는 셈평이 깔려 있다. "먹고 놀면 큰일 나는 줄 아"는 구세대와 "보란 듯 생의 행간에 느낌표 꾹꾹 찍"고 싶은 요즘 세대의 갈등 양상이 굽이치며 휘감아 도는 사설의 입말로 구조화되고 있는 것이다. 규범적인 언어 질서 속에서 정제된 정형 미학을 추구하는 김범렬 시인의 또 다른 특질이라 하겠다. 정제와 절제 사이 말 부림을 극대화한 사설시조는 "어머나! 별꼴이야, 꽃숭어리 별꼴이야"라며 호들갑을 떠는 「봄, 러브레터」와 "눈길 주면 또 줄수록 닳아지는 몸맨두리"를 가진 「비누」에서도 확인할 수 있다. 이처럼 김범렬 시인은 획일화·구조화된 삶의 위기 상황을 타자의 시선과 자아의 정체성 사이에서 고뇌하는 모습으로 그려내고 있다.

3. 큰 산이 큰 물을 품듯

김범렬 시조의 또 다른 특질은 성철 스님의 법어처럼 '산은 산이요, 물은 물이다'라는 깨달음의 경지이다. 사물의 본질을 있는 그대로 직시하고 인정하는 태도 말이다. 시인은 본래 절대적 고독 속에서 자기반성과 내면 성찰을 이어가는 존재이다. 이를 위해 자신을 유리창 안에 가둬놓고 바깥을 응시하는 것을 즐긴다. 내면과 외면의 경계를 넘나드는 이중적 시선을 통해 자신의 슬픔, 고뇌, 희망, 나약함, 비루함 등 내면의 감정을 솔직하게 드러냄으로써 독자와의 공감대를 형성하기 위함이다. 따라서 시인은 언제나 끊임없는 자기 탐구와 존재의 의미를 깊이 있게 고민하는 시작詩作 태도를 요구당한다. 이러한 과정 속에서 시인은 경계를 초월한 실존적 삶과 시원始原으로의 회귀를 향한 갈망을 시에 담아낼 수 있는 것이다.

따스한 봄볕 전율 입질하는 꽃숭어리
그 느낌 그리 좋아 둥지 틀고 눌러앉아
갈라진 바윗돌 사이, 텃새가 살고 있다.

능선의 나무 잎사귀 다투어 짙어지면
기슭에 노닐러 온 고슴도치 데굴데굴

해묵은 엉겹을 거둬 맑은 물에 헹궈낸다.

노스님 갓 돋아난 고사리순 꺾는다.
숨 고르고 목 축이고 산 더덕을 캐다가
산사의 풍경 소리에 마음마저 푸르다.

귀 세운 다람쥐가 쳇바퀴를 휘돌린다.
산자락 벚꽃 손님 나비 되어 날아가고
하 마냥 그리움 하나 가부좌 틀고 있다.
　　　－「양자산의 봄」 전문

　이번 시집에서 특별히 많이 등장하는 시어 둘을 꼽자면 '산'
과 '봄'이다. '산'은 어떤 세속 풍파에도 흔들림 없는 자아의 표
상으로, '봄'은 고단한 현실을 벗어나 새롭게 맞이하는 희망찬
내일의 상징으로 그려지곤 한다. 「양자산의 봄」은 이 두 개의
시어가 결합된 이미지로서 자아와 세계의 조화로운 합일에 대
한 꿈의 표출이라 할 수 있다. 양자산은 경기도 양평과 여주시
의 경계에 걸쳐 실재하는 산이다. 잿빛의 우울과 시끄러운 소
음에 묻힌 세속의 풍정과는 달리 그곳의 봄은 평화롭기 그지없
다. 생계에 대한 걱정이나 재물·권력에 대한 욕심이 없기 때문
이다. 여기서 시인이 말하고자 하는 바는 인간과 자연의 조화

야말로 우리가 추구해야 할 유토피아가 아니겠느냐는 세계관이다. 도연명이 관직을 버리고 자연과 더불어 평화롭게 지내는 삶을 「귀거래사歸去來辭」로 노래했듯, 김범렬 시인도 자신의 고향에 대한 향수와 귀거래의 의지를 이렇게 표현하고 있는 셈이다. 이 시집 속에 펼쳐지는 다양한 작품들의 제재 또한 자연물에서 취한 것들이 많다는 사실로도 무의식의 바탕에 자연 회귀의 꿈이 짙게 드리워져 있음을 미루어 짐작할 수 있다.

그러므로 귀거래에 대한 정서는 철모르던 시절에 대한 회한을 동반한다. "이웃은 이웃인데 타향 사람 낯빛" 같은 「벽돌 담장」을 치고 사는 도시 생활에 지친 화자는 "왜 그땐 몰랐을까, 여기가 딴 세상인 줄/ 아무 눈치 못 챈 그날 뛰쳐나갈 궁리만 했지"(「송현마을 일기 1」)라며 지난 시절에 대한 회한에 잠긴다. 그에 따라 "육 남매 복대기던 따뜻한 집 곁에 두고/ 새것만 고집하다, 한뎃잠 저 허릅숭이"(「오색딱따구리」)라며 자신을 다시 돌아보고, "금모래 흩는 물살 물뱀이 꼬리를 물고"(「꿈틀 - 여강에서」) "파노라마 펼친 물살"이 "피카소의 추상화"(「여강 랩소디」) 같아 "내 유년 고 작은 입이/ 버들피리 불며 오"(「그 봄날, 여강」)는 여강(남한강의 여주 구간)의 추억을 곱씹는 것이다. 그리하여 "눈길 서로 건네주면 주체 못 할 꽃이 피고/ 사랑을 흩는 사람들/ 광배 두른 부처가 되"(「봄, 복수초」)는 자연으로의 회귀를 꿈꾸는 것이다. 김범렬 시인의 시조들 속에 등장하는 자연

이미지들의 배경은 사실적으로 좁혀 보면 여주 부근의 산과 강이 대부분이다. 그러니까 「양자산의 봄」에서 "가부좌 틀고 있"는 "그리움 하나"는 기실 안태본에 대한 향수임을 알 수 있다.

1.

으레 귀갓길엔 골목시장 들러 간다.
맛이 좋아 입담 좋아 소문난 반찬가게
한 끼니 해결할 만큼
덤까지 얹어주는.

2.

어쭙잖은 나에게 곁을 내준 마당귀에
깜빡깜빡 등불 켜는 샛별 하나 휘어든다.
뚝배기 청국장찌개
짜글짜글 끓는 저녁.

3.

아랫목 묻은 공깃밥 꿈결처럼 스쳐간다.
일과 마친 나라진 몸 눕고 싶은 그 어름에
콧등이 시린 자취방
어린 달빛 따뜻하다.

「따뜻한 귀갓길」은 시인의 귀거래 의지가 생성된 어느 시점의 단초를 제공한다. 이 시조의 화자는 아마도 가족과 떨어져 혼자 사는 듯하다. 그는 "으레 귀갓길엔 골목시장 들러" '반찬'을 사 가는 사람이다. '으레'라는 부사어는 '틀림없이 언제나'의 뜻이니 몸에 익은 습관처럼 늘 그런 행동을 반복하고 있다는 것이다. 그에게는 사람이나 반려동물보다 '샛별'이나 '달빛'이 더 친구처럼 정겹다. '샛별'이나 '달빛'은 도회적인 이미지와는 거리가 있다. 어쩌면 어린 시절에 보았던 저녁의 풍경일 수도 있다. 그런 이유로 빵이나 라면, 치킨류가 아닌 "뚝배기 청국장찌개"라는 토속적인 상차림을 불러온다. 청국장 이미지가 실제이든 환상이든 화자는 "아랫목 묻은 공깃밥"을 '꿈결처럼' 추억으로 소환하기에 이른다. 따라서 "뚝배기 청국장찌개"나 "아랫목 묻은 공깃밥"은 화자의 추억 속에 똬리 틀고 있는 고향집에 대한 환유다. "일과 마친 나라진 몸"을 눕히고 싶은 곳은 "콧등이 시린 자취방"이 아니라 추억으로 회상하는 고향의 품이라는 이야기다. 그런 추억의 소환을 통해 화자는 희미한 초승 달빛에서조차 따뜻함을 느끼게 되는 것이다.

표면적인 줄거리는 혼자 사는 자취생이 저녁을 먹고 휴식에 들어가는 내용이지만 그 바탕에는 고향집에 대한 향수가 귀거래의 의지를 부추기는 밑그림으로 채워져 있다. 현실 세계와 환상 세계 사이를 오가며 전개하는 이러한 이중 서사성은 현실과 이상의 괴리감을 드러내지만 안과 밖, 어둠과 빛, 도시와 자연이라는 이원적 양상으로 현대인의 고독을 나타내는 알레고리로 작용한다. 이번 시집의 표제작이기도 한 이 시조를 시집의 맨 앞, 첫 자리에 배치해 놓은 것만 보더라도 시인의 마음을 어렴풋이나마 읽을 수 있겠다.

한탄강 분지 곳곳 다각형 각뿔 세웠지
부글부글 용암 반죽 차지도록 치댄 뒤끝
물감 채 마르지 않은 수묵화 내다 건 듯.

부러지면 부러졌지, 휘어질 일 없는 외곬
수직으로 곧게 서거나, 펀더기 길게 눕거나
세파에 단련된 강단 용광로도 못 녹인다.

타협할 줄 모르고 끝내 외길 고집한다.
정釘 하나 들이밀 땐 도마뱀 꼬리 자르듯
눈앞에 곧은 심지로 아바타 우뚝 선다.
　　　－「한탄강 주상절리, 아바타를 읽다」 전문

안과 밖의 경계를 따라 이중적 서사를 펼치는 김범렬 시인은 그 때문에 내면의 주체적 자아와 외부의 페르소나를 교차시킨다. 시에서 주체적 자아는 시인이 자신의 개성과 감정을 직접 드러내는 내면의 목소리이며, 페르소나는 사회적 역할이나 타인의 기대에 따라 만들어진 허구의 화자 또는 가면을 의미한다. '아바타'는 인도 신화와 힌두 사상에서, 신이 세상에 내려올 때 나타나는 여러 가지 모습을 이르는 말인데, 요즘에는 온라인에서 개인을 대신하는 캐릭터로서 분신을 의미한다. 형태만 다를 뿐 아바타나 페르소나는 주체의 대리자로 기능한다는 점에서 같은 말이다. 그런 아바타를 시인은 한탄강 주상절리에서 발견하고 있다. '주상절리'는 마그마가 냉각 응고함에 따라 부피가 수축하면서 다각형 기둥 모양으로 갈라지거나 금이 간 화산암을 일컫는다. 한탄강 협곡의 주상절리는 "수직으로 곧게 서거나, 펀더기 길게 누"워 있다. "부러지면 부러졌지, 휘어질 일 없는 외곬"의 모양새로 "용광로도 못 녹이"는 "세파에 단련된 강단"만 키웠기 때문이다. 이 "타협할 줄 모르고 끝내 외길 고집하"는 "곧은 심지"를 가진 '주상절리'에서 화자는 자기 안의 또 다른 자기를 응시한다.

'시인의 말'에서 시인은 "시조가 나의 가슴을 다시 쿵쿵 뛰게 했다"고 고백한다. 이 얼마나 절절한 시조 사랑의 세레나데인가. 그러므로 "타협할 줄 모르고 끝내 외길 고집하"는 주상절리의 이미지는 기실 시조라는 외길을 걷는 시인 자신인 것이다. 이러한 페르소나의 이미지는 '음유시인'으로 특정된 「메밀밭 페르소나」에도 있고, "시답잖은 세상살이 나에겐 족쇄 같은 것"이라며 "부라린 용이 되리라, 거듭거듭 몸 낮춘다"고 결기를 세우는 「반룡송」의 이미지로도 구현된다. 그러한 시인의 길은 "손가락질하든 말든 곧은 심지心地 촉각 세우고" "끈덕지게 갈 길 가"는 「달팽이 보법步法」을 통해 목표 지점에 도달할 수 있을 것이다. 걷는 일은 결국 혼자 하는 것이다. '걷기'의 주체는 다른 누구도 아닌 스스로여야 하기 때문이다. 길은 그 자체로써 걷는 이들에게 벗이 되어주며 지친 마음을 어루만져 준다. 길은 밖으로 나 있는 것처럼 보이지만 걷다 보면 자신 안으로 나 있다는 것을 깨닫게 된다. '달팽이 보법'은 결국 '느리게 간다'는 의미이며, 이는 빠르게 돌아가는 세상살이에 휩쓸리지 않고 자신만의 보폭과 리듬을 유지한다는 것이다. 빠른 변화에 적응하는 것이 곧 발전이라는 사회의 보편적 기율을 벗어나 여유라는 내적 통찰을 중시하는 시인의 페르소나는 '스피드 시대'를 거스르는 '느림의 미학'을 바탕으로 지금까지 걸어온 길이 종착지가 아님을 증언하고 있다.

　　　　＊　　　＊　　　＊

　이상에서 대략 살펴본 바와 같이 상상의 영역은 일상 공간과 그 너머를 조화롭게 오가며 구성되어야 하며, 자아의 주체성은 자아와 타자의 관계들 속에서 만들어진다는 점을 김범렬 시인은 이번 시집을 통해 보여주고 있다. ‘안’과 ‘밖’의 구분이란 본질적으로 고정된 것이 아니라 상호 의존적으로 형성된 것임을 되새기다 보면 자아와 타자가 결코 분리될 수 없는 동일 선상의 존재라는 사실도 깨닫게 된다. ‘안’과 ‘밖’의 경계를 인식하게 되면 비로소 ‘주체적 자아’가 어디에 있는지를 알아차릴 수 있다고 에둘러 일러주는 것이다. 동아일보 신춘문예에서 시조로 두 번이나 당선한 특별한 이력을 가진 김범렬 시인의 시조는 자아의 내면과 외부를 두루 살필 수 있을 때 더 잘 이해하게 된다. 오기와 집념으로 일구어가는 외곬의 시조 사랑이 더디지만 단단하게 뿌리내린 원동력이다. 시인이 아바타인지, 시인의 아바타가 시인인지 모를 무의식의 혼미한 세계, 현실과 상상의 쳇바퀴를 도는 우로보로스의 안과 밖의 경계에서 김범렬 시인의 목소리는 태백성처럼 빛나고 있다.

따뜻한 귀갓길

초판 1쇄 2026년 2월 19일
지은이 김범렬
펴낸이 김영재
펴낸곳 책만드는집

—

주소 서울 마포구 양화로3길 99, 4층 (04022)
전화 3142-1585·6
팩스 336-8908
전자우편 chaekjip@naver.com
출판등록 1994년 1월 13일 제10-927호
ⓒ 김범렬, 2026

* 본 도서의 판권은 저작권자와 책만드는집에 있습니다.
  본 도서 내용의 전부 또는 일부를 재사용하려면 양측의 동의를 받아야 합니다.
* 잘못 만들어진 책은 구입하신 서점에서 바꾸어드립니다.

ISBN 978-89-7944-919-8 (04810)
ISBN 978-89-7944-354-7 (세트)